哇！

松冈达英 文/图　蒲蒲兰 译

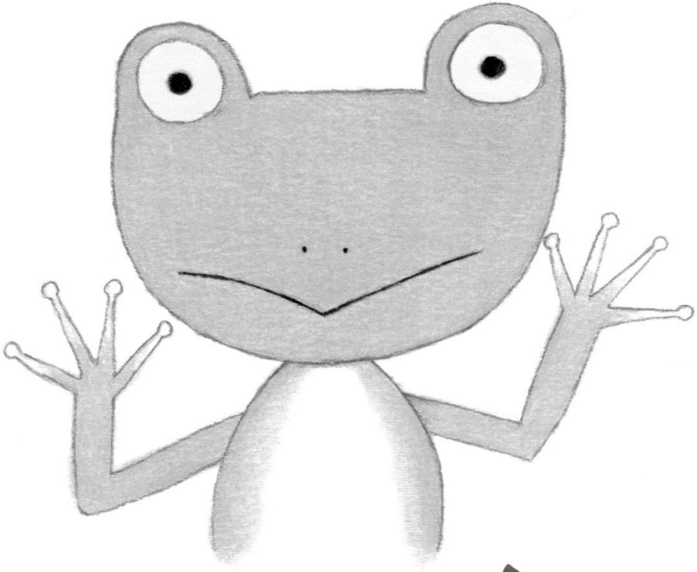

青蛙……

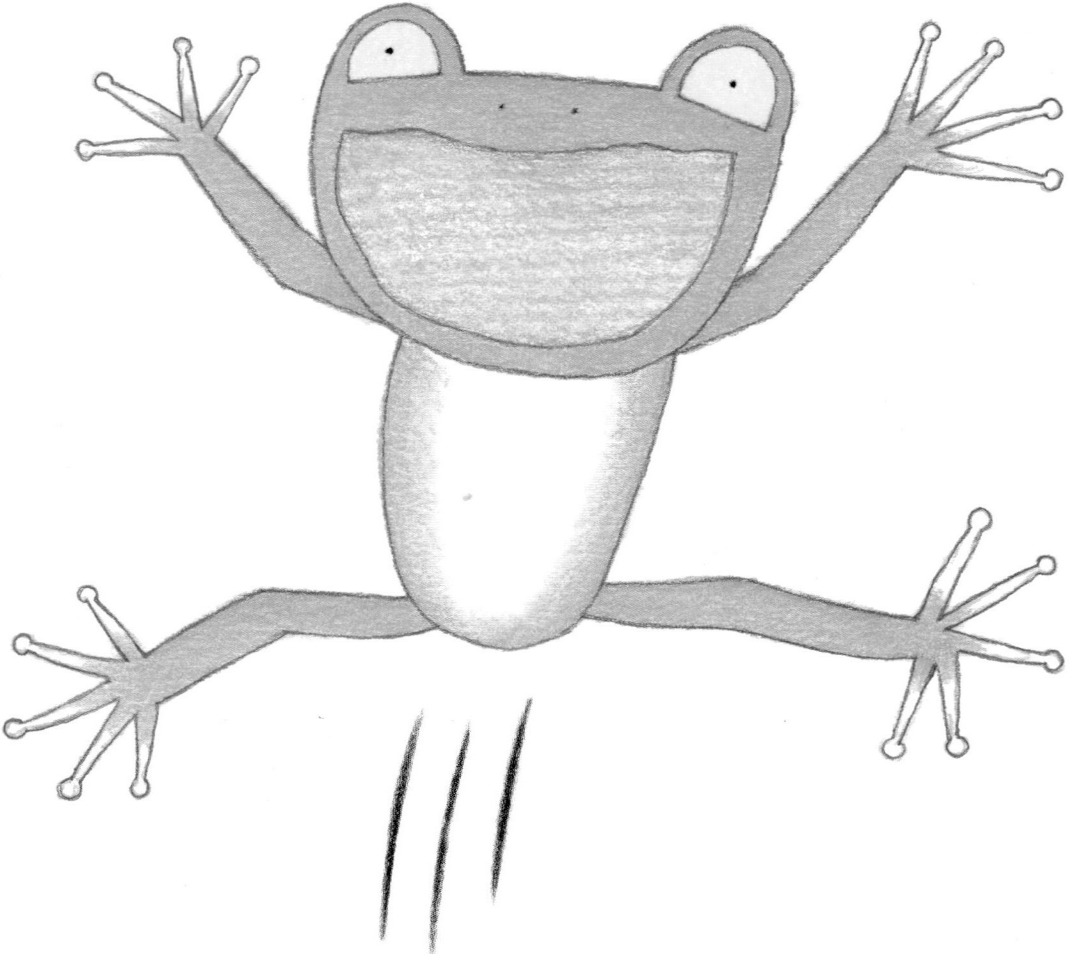

哇～！

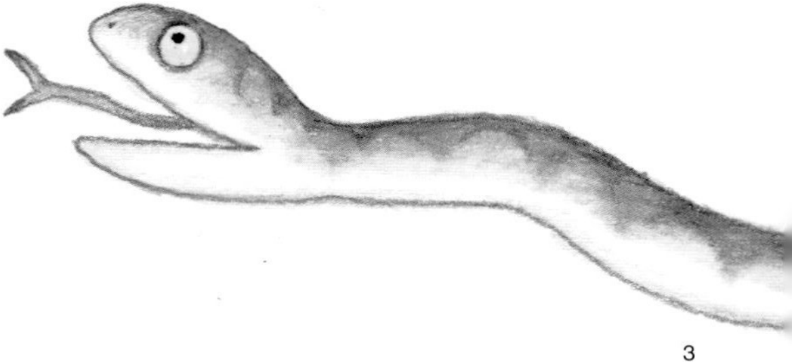

老鼠……

呜

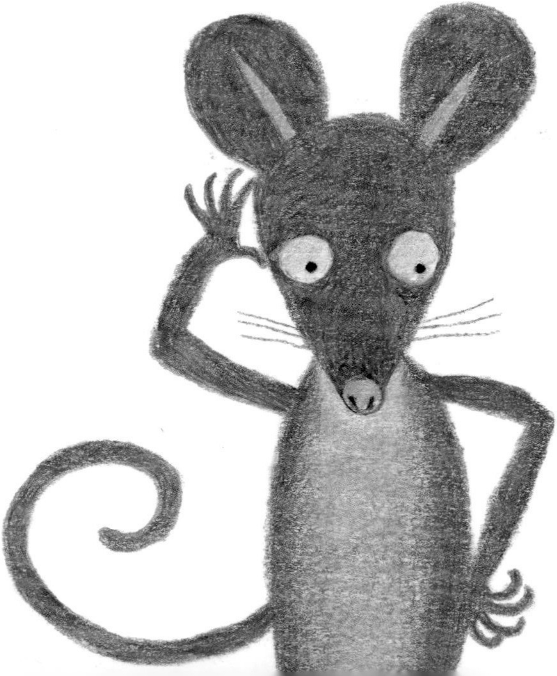

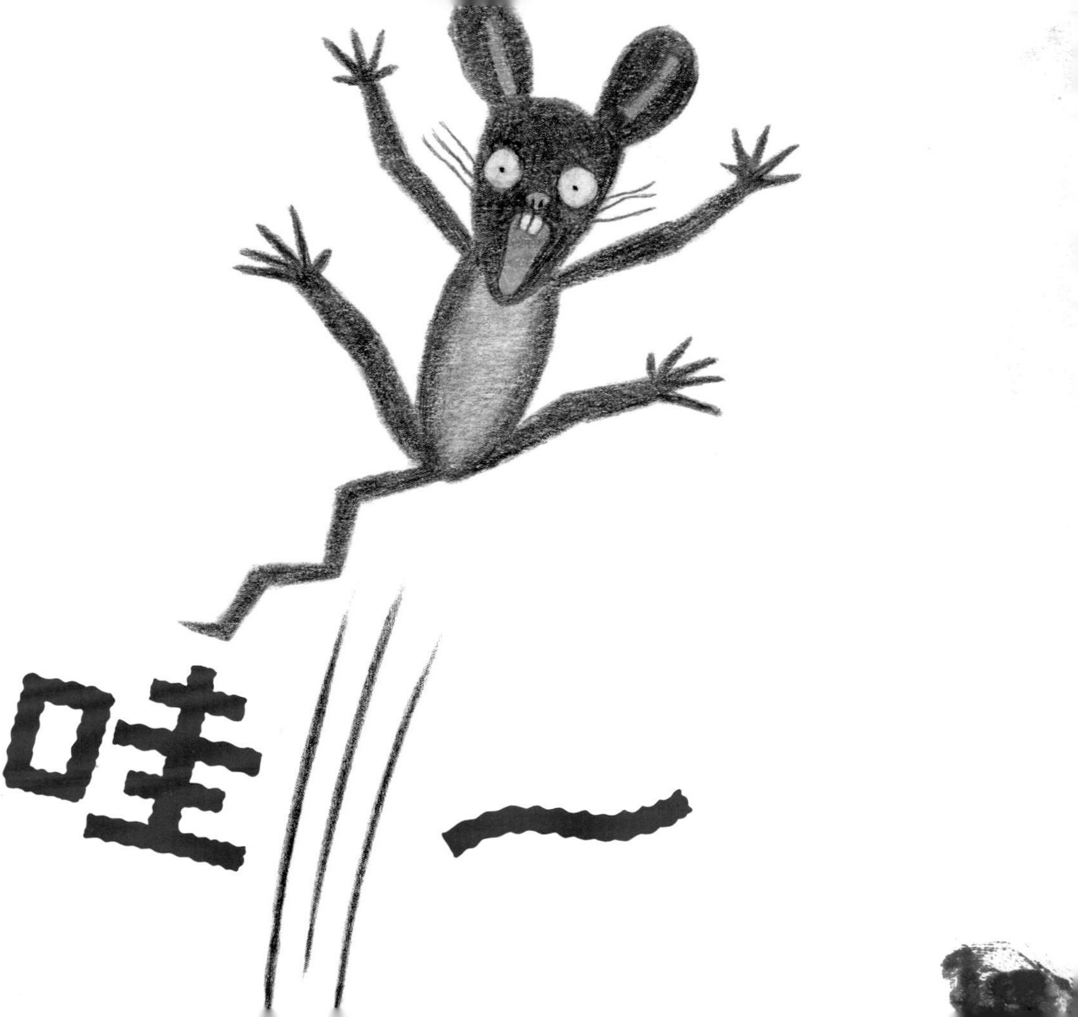
哇——

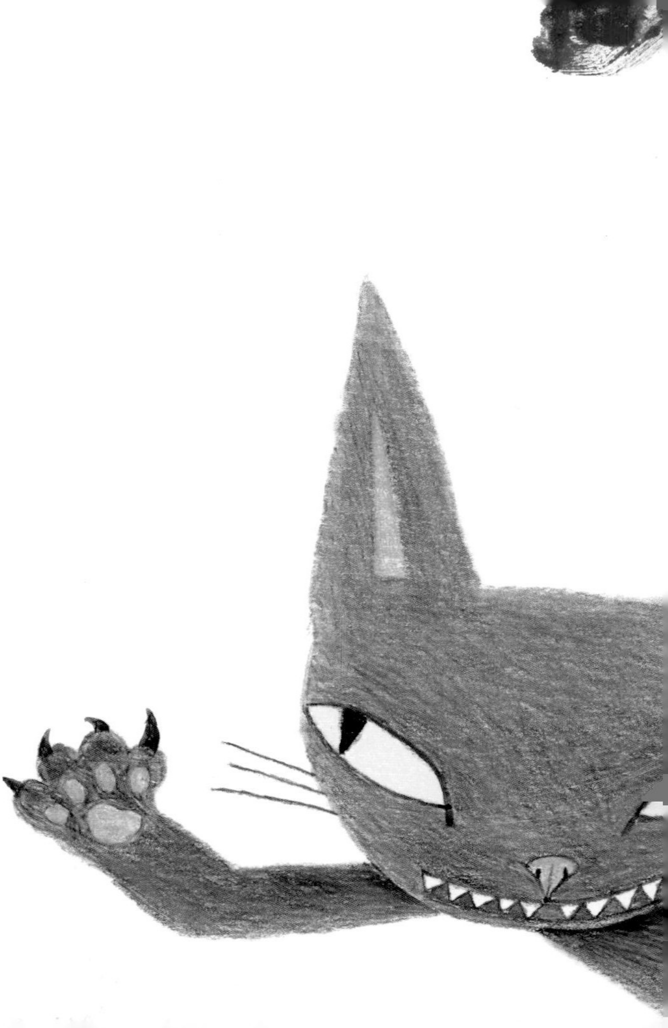

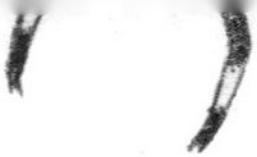

我……

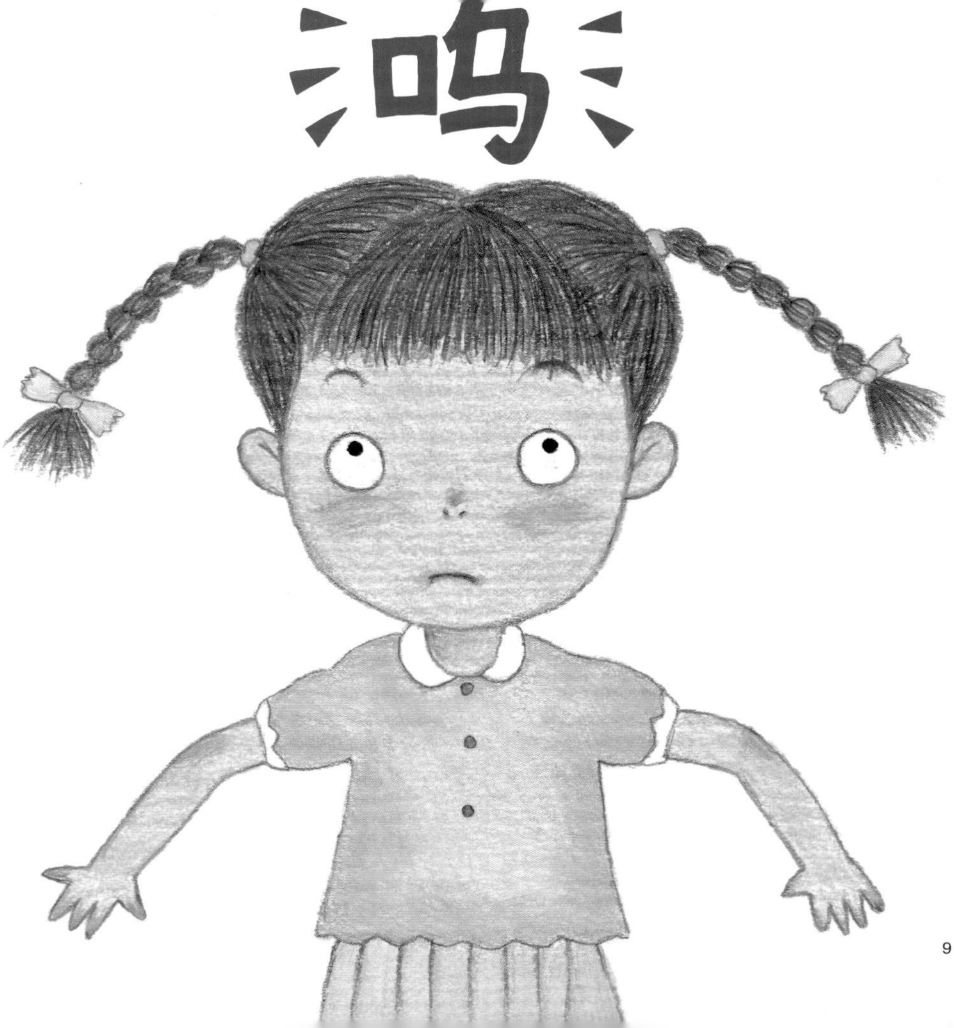
呜

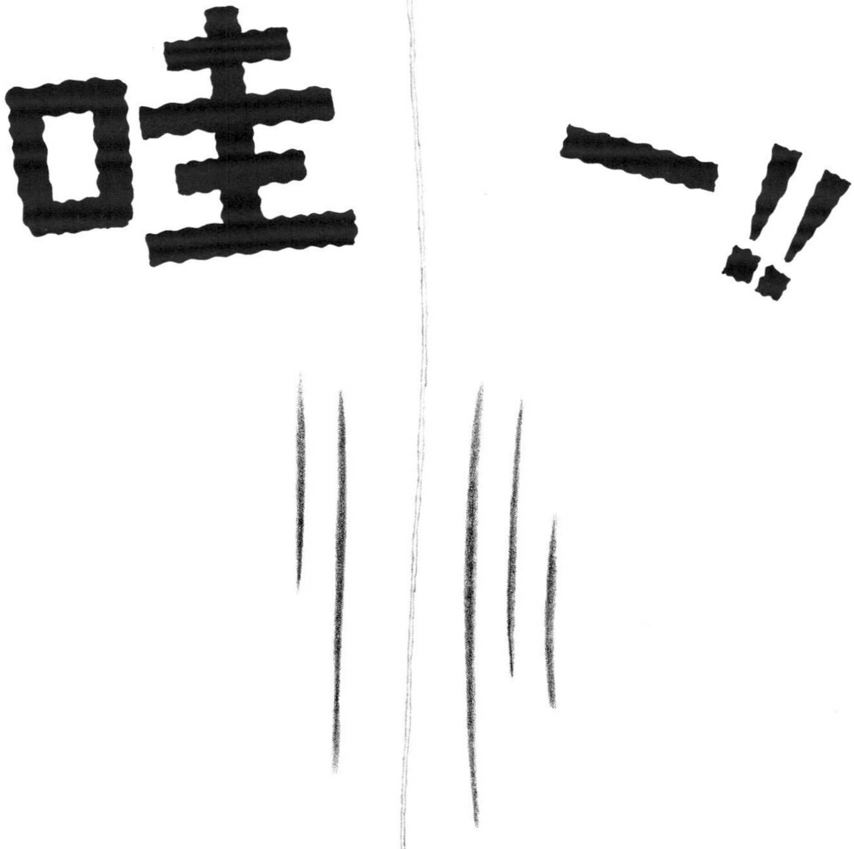
哇一!!

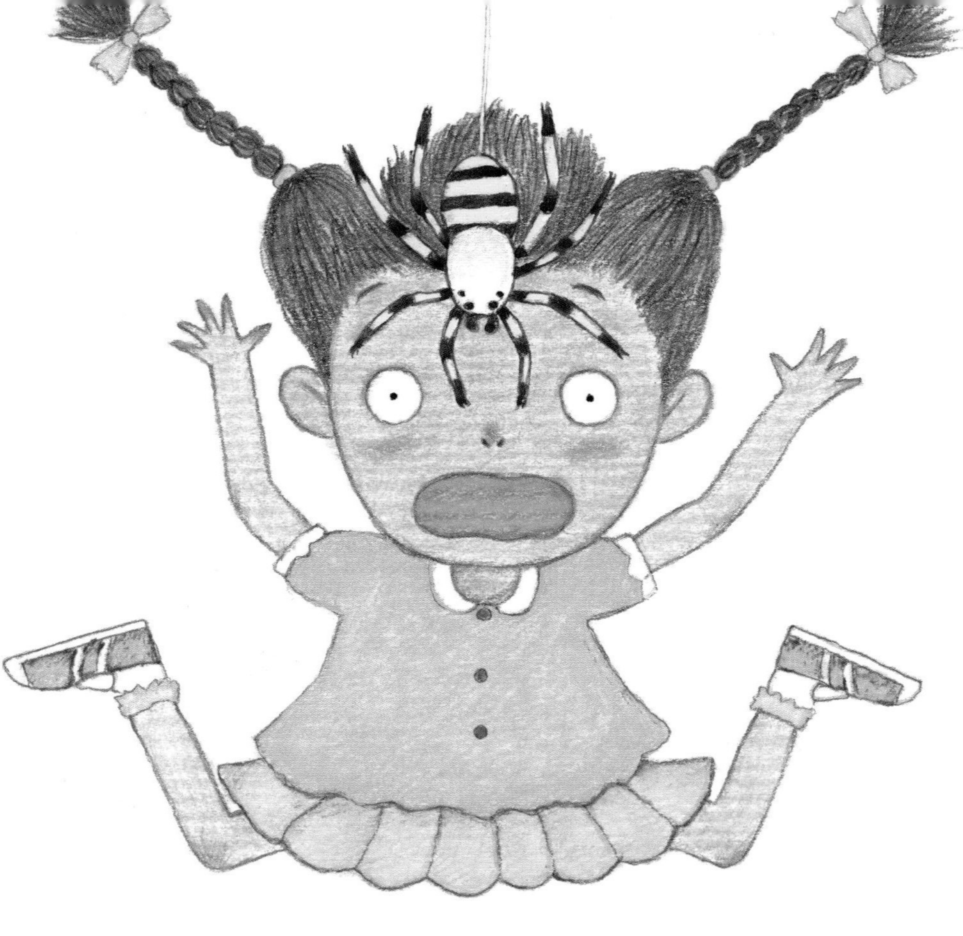

小狗……

呜

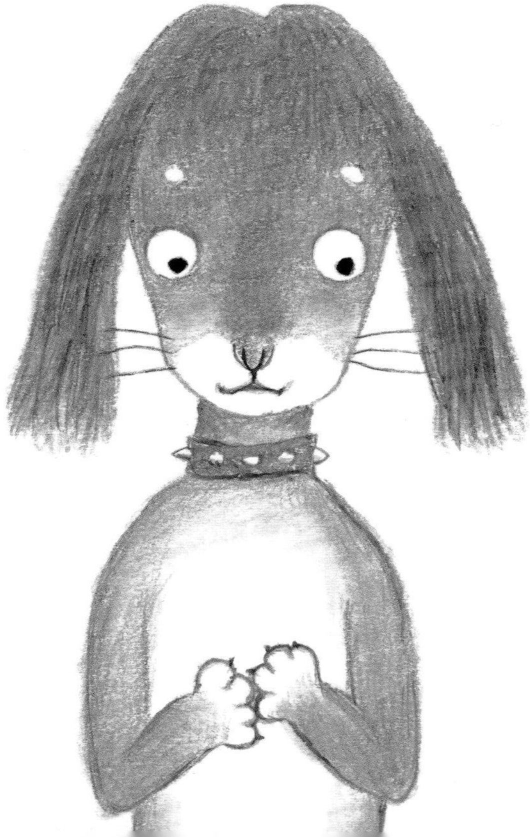

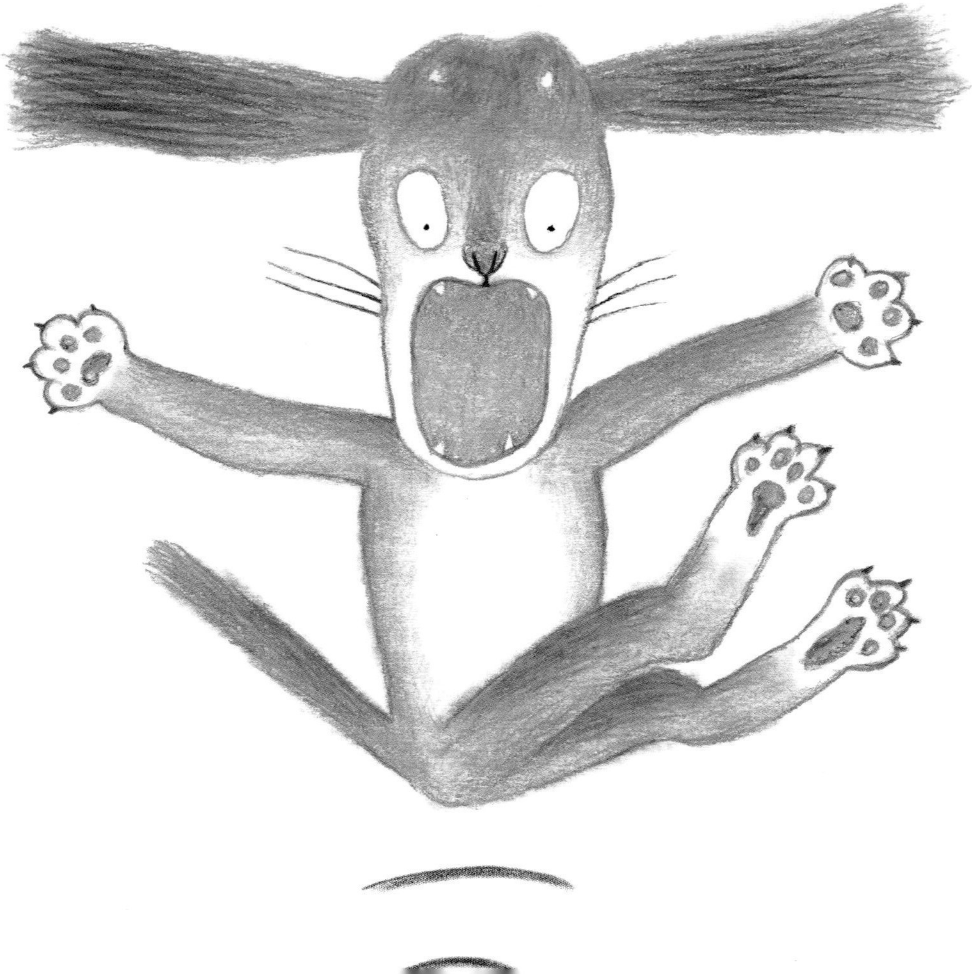

汪~汪~

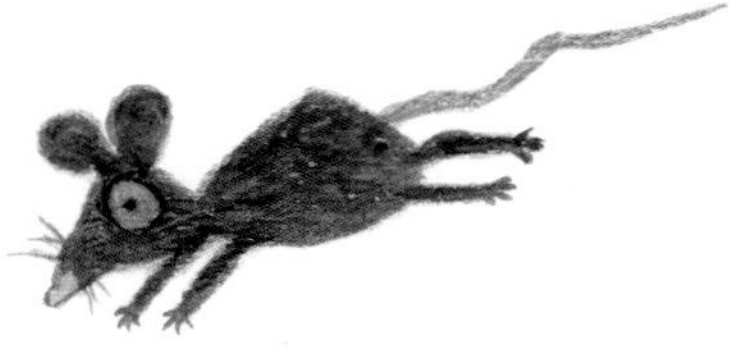

蝌蚪……

呜

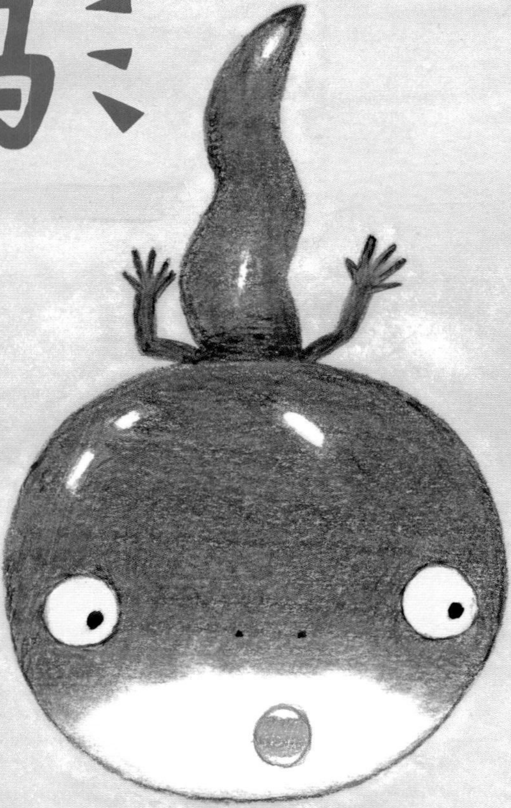

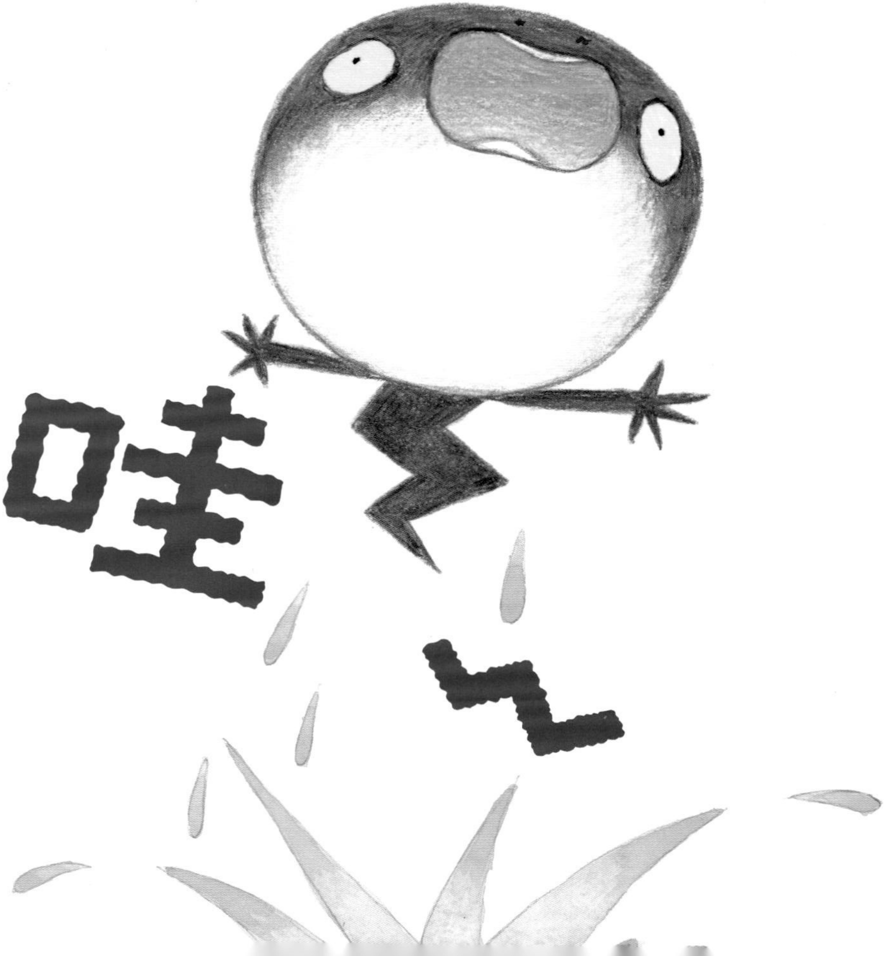
哇～

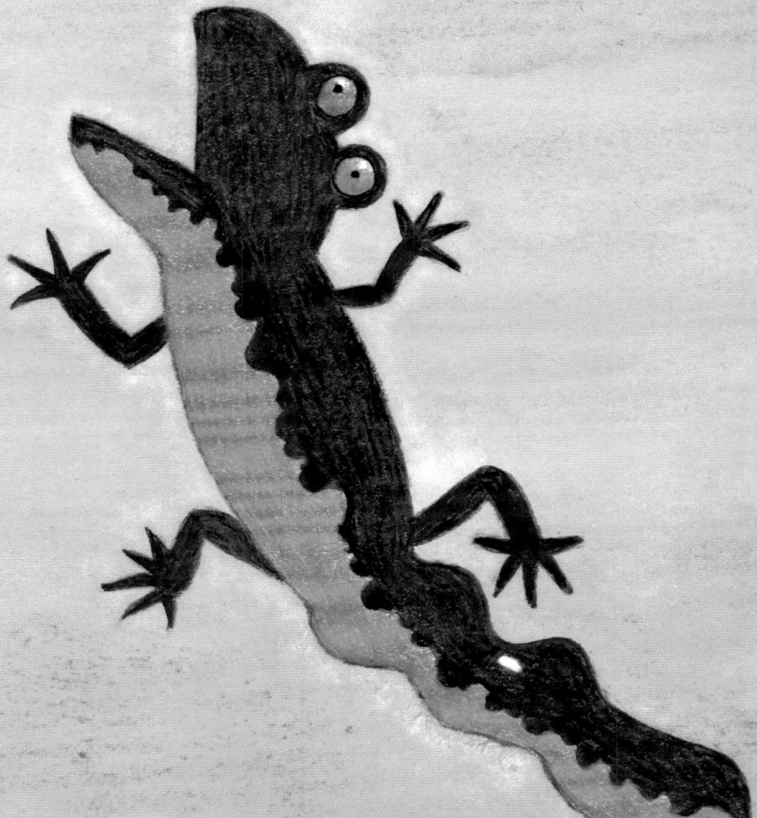

我……

呜

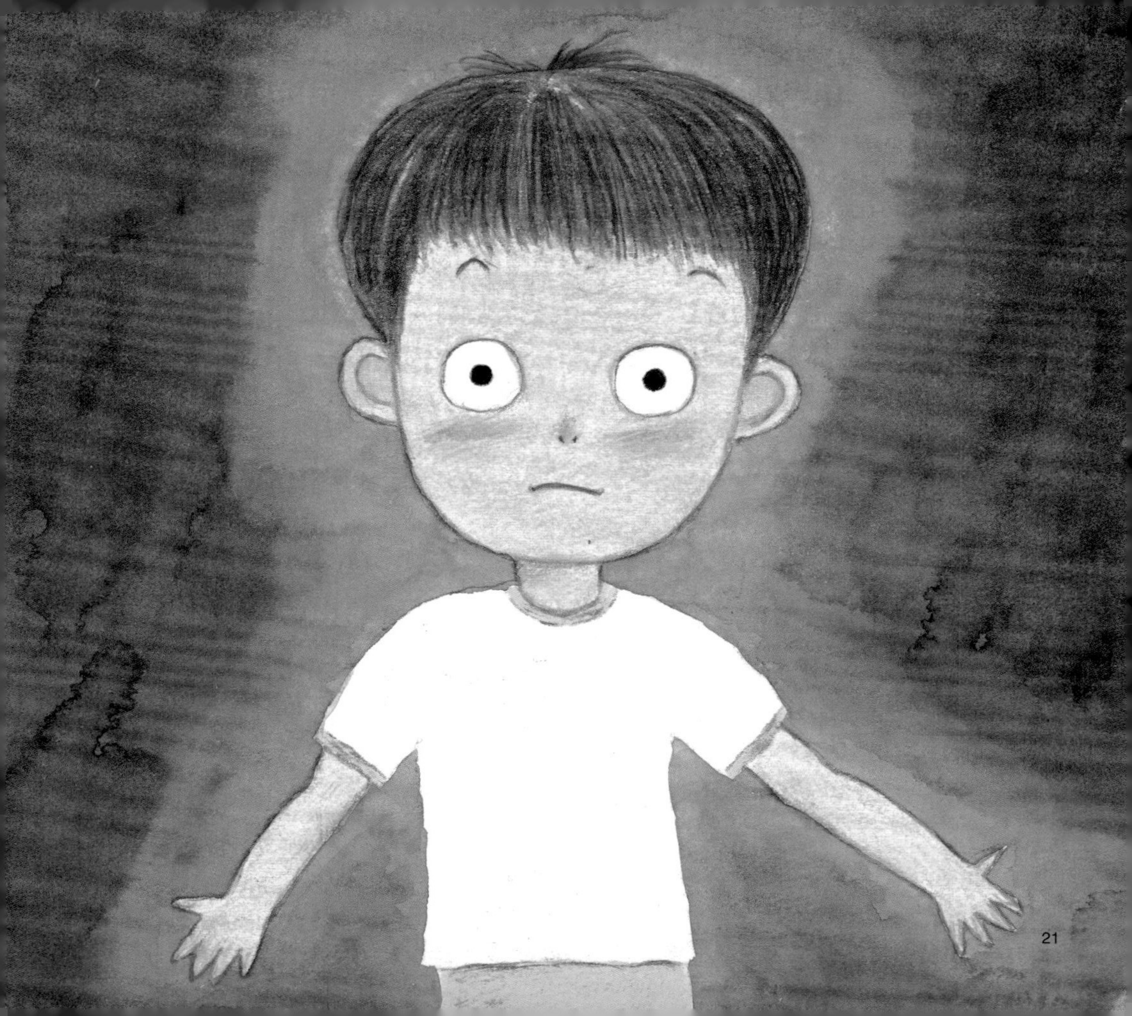

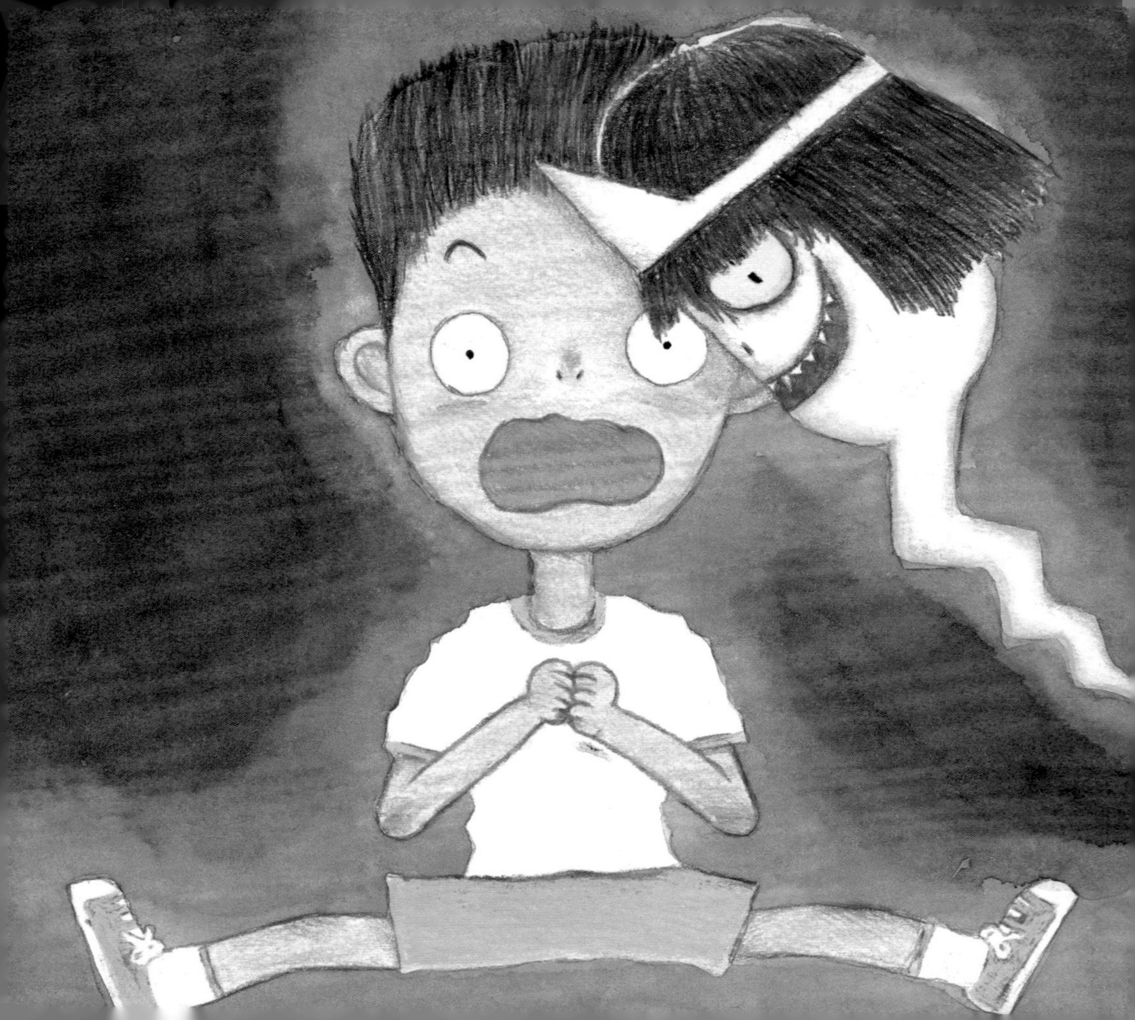

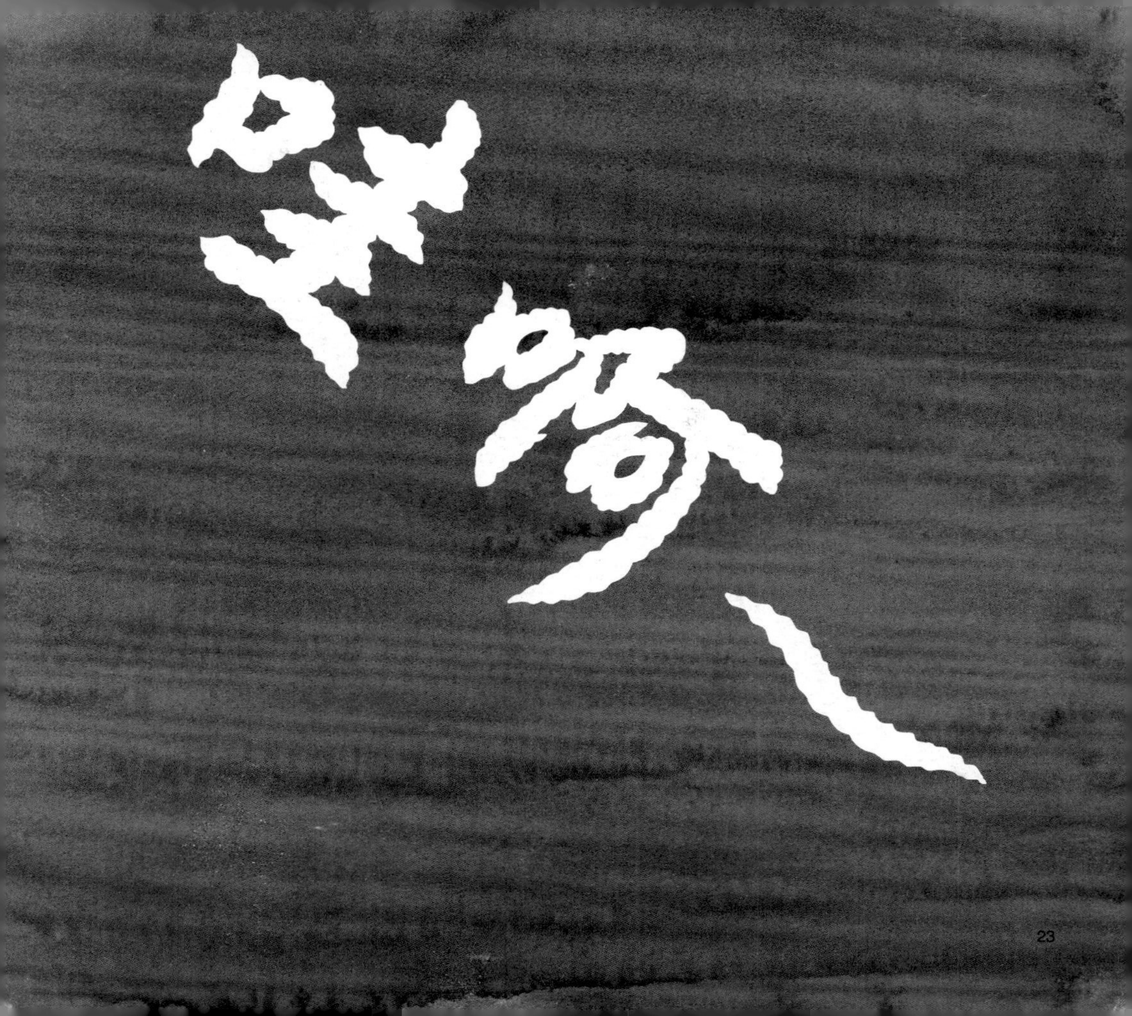

蛇……

呜

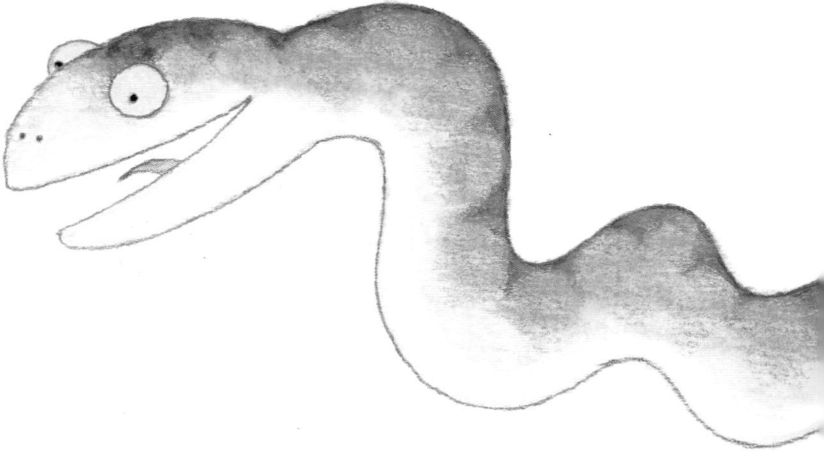

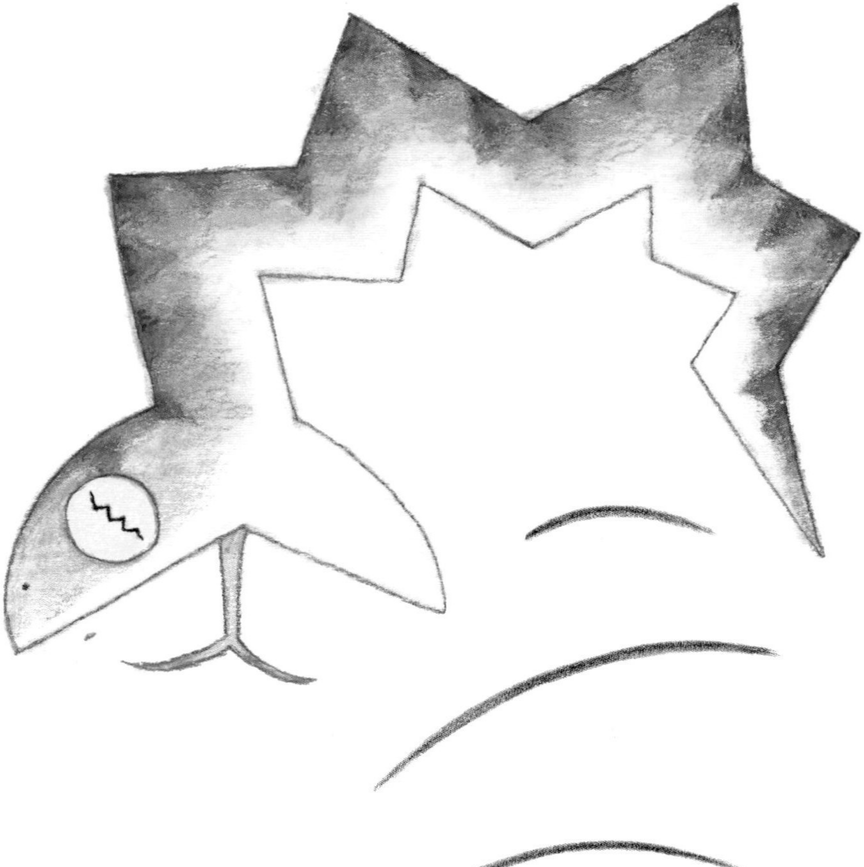

哇～

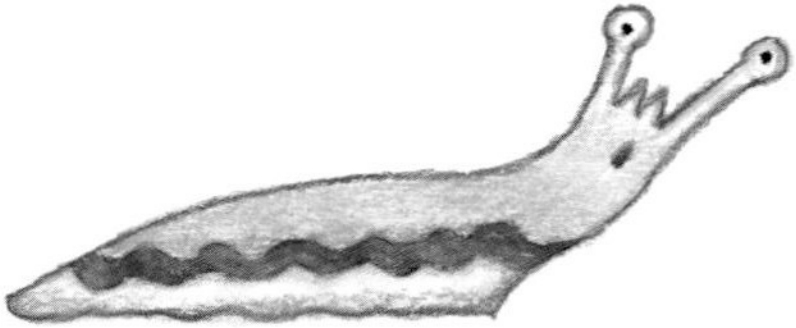

猫咪……

呜

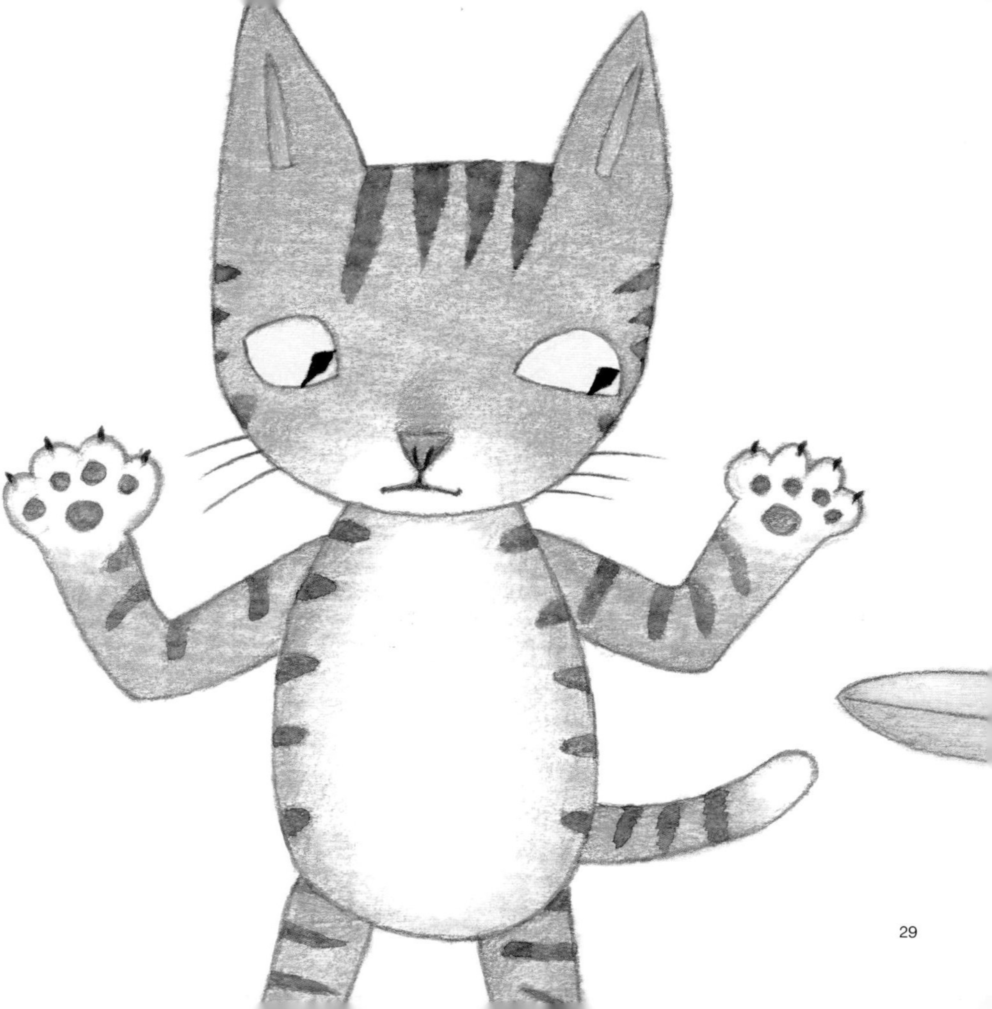

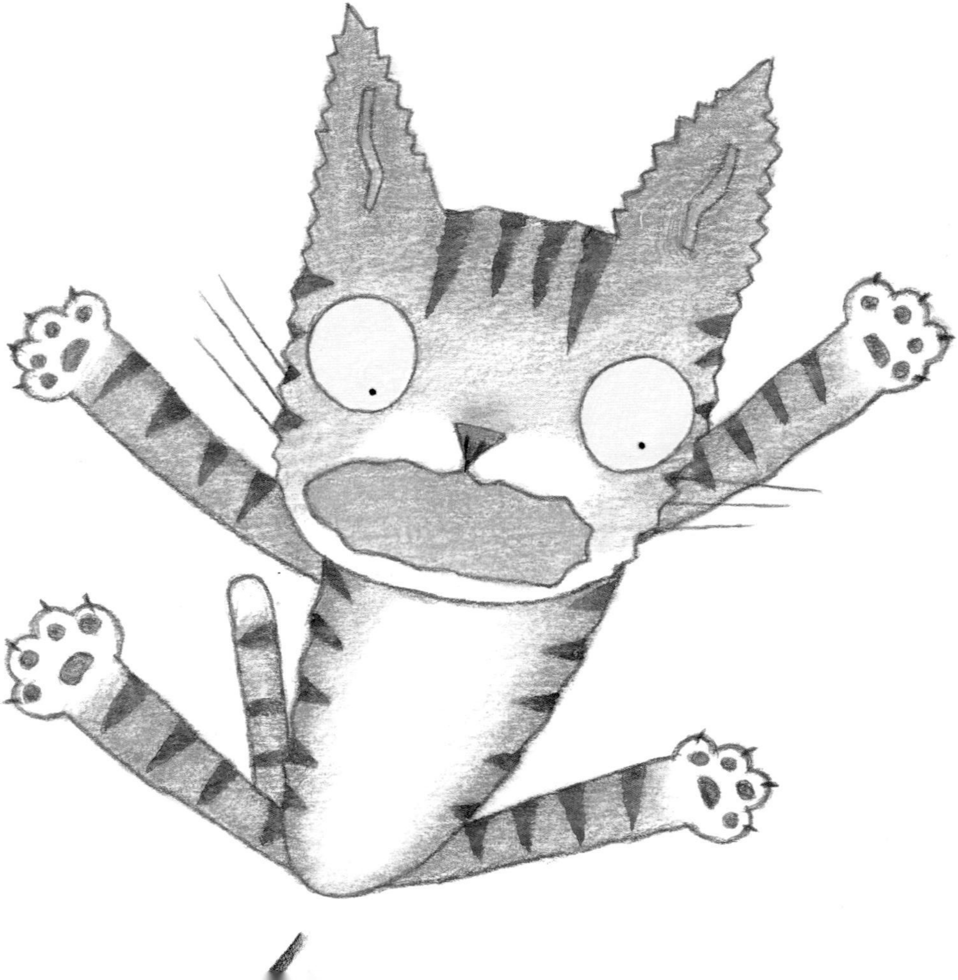

喵呜—

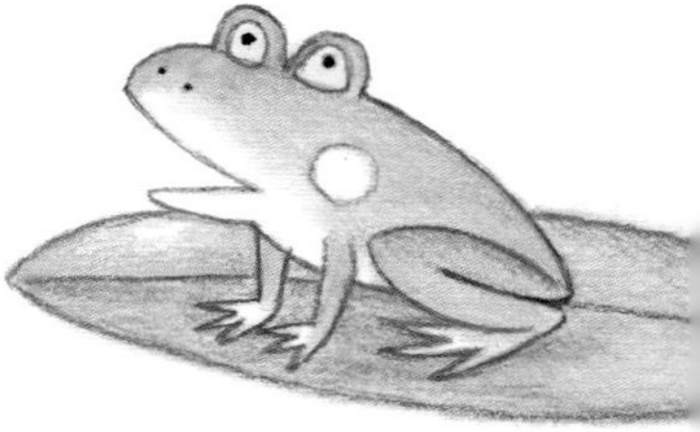

妈妈……

呜

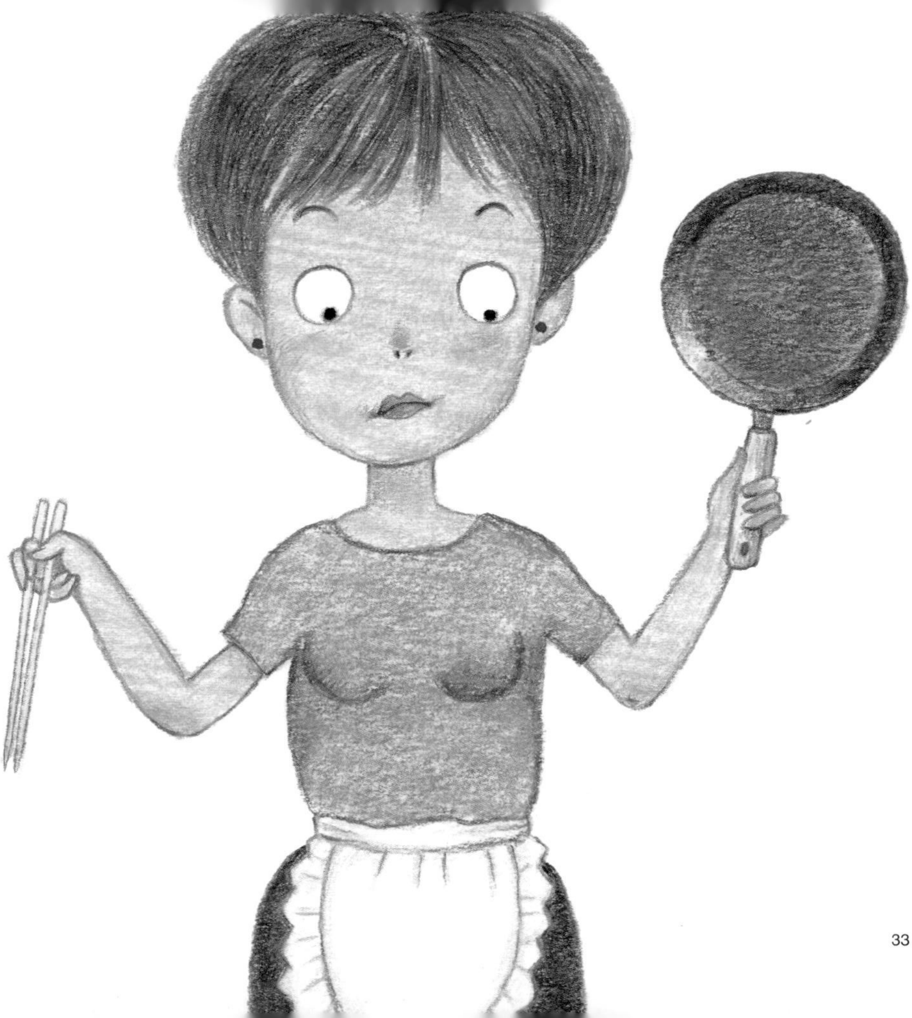

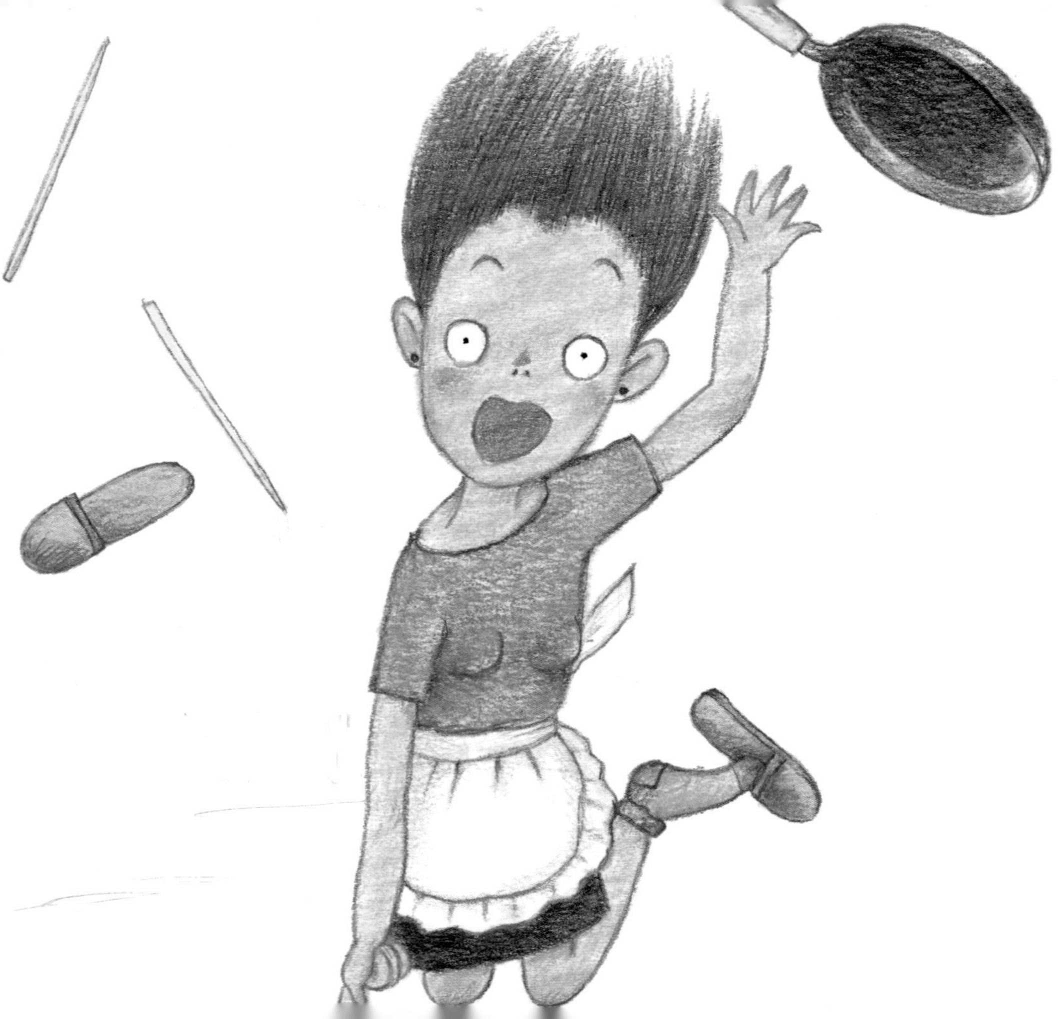

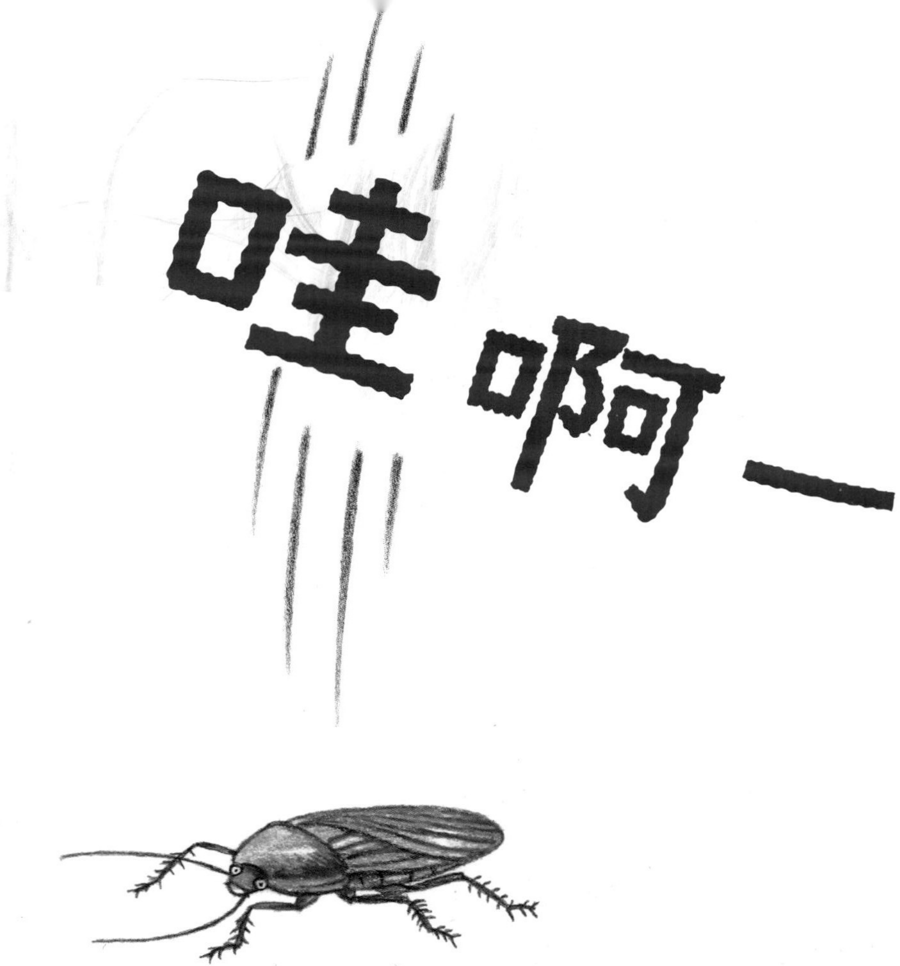
哇啊—

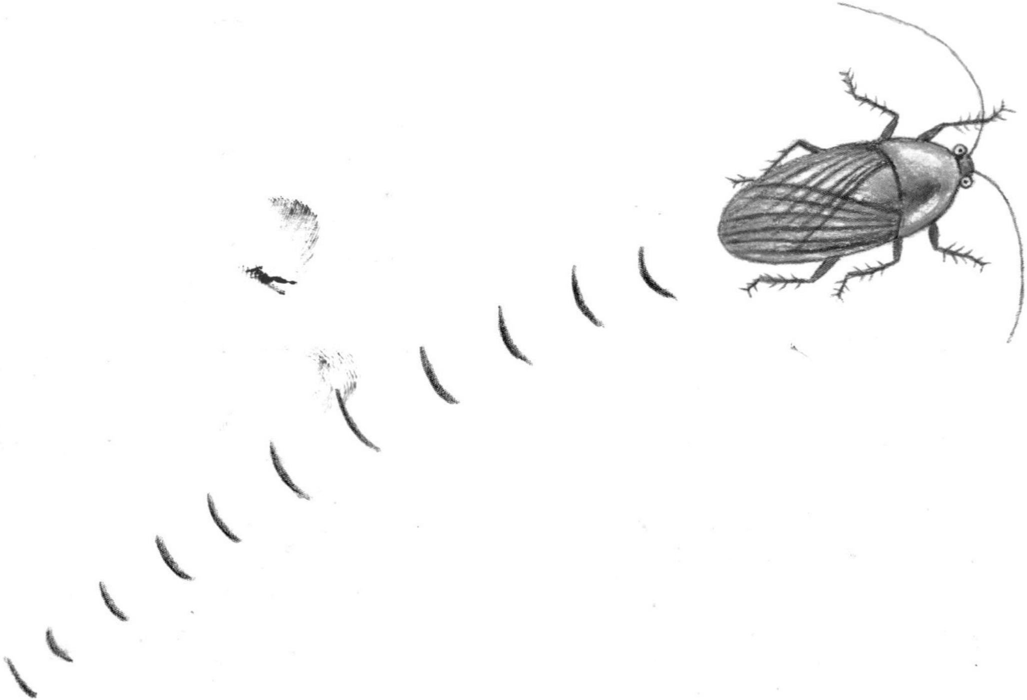